집으로 가는 길목에서

조민희 시집

시음사
시사랑음악사랑

시인의 말

삶이란 홀로 긴 여정속에서 꽃향기 그윽한 거리를 지나기
도 마른 가지만 앙상한 황량한 거리와 한치앞도 알 수 없는
긴 터널 속에서 헤매기도 한다. 하지만 시(詩)란 생명체는
어느 공간에 있든 늘 옆에서 친구가 된다.
내가 좋아하는 나리꽃이고 깊은 숲 작은 연못이고 소슬바
람이다.

시인 조민희

QR 코드 스마트폰으로 QR 코드를 스캔하면 시낭송, 노래를 감상할 수 있습니다.

 제목 : 구름 흐르듯
시낭송 : 임숙희

 제목 : 바람 불던 날
시낭송 : 박영애

 제목 : 사랑이란 이런 거잖아
시낭송 : 박영애

 제목 : 혼돈
시낭송 : 박영애

 제목 : 가을
시낭송 : 박영애

 제목 : 이 가을엔
시낭송 : 김지원

 제목 : 어둠 한 점
시낭송 : 박영애

 제목 : 비 오는 날은
시낭송 : 박영애

 제목 : 그냥
시낭송 : 박태임

 제목 : 그냥
작곡,노래 : 정진채

 제목 : 어찌 그리하셨습니까
시낭송 : 박영애

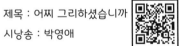 제목 : 나는 그 자리에
있을 거요
시낭송 : 박영애

제목 : 그래도 사랑을 해봐
시낭송 : 박영애

 제목 : 삶 흐르다
시낭송 : 김지원

 제목 : 친구야
시낭송 : 박영애

 제목 : 친구야
작곡,노래 : 정진채

 제목 : 노송
시낭송 : 박순애

 제목 : 그대는 누구인가요
시낭송 : 박영애

 제목 : 비가 내리는 날이면
시낭송 : 박영애

 제목 : 겨울 이야기
시낭송 : 박영애

 제목 : 비라도 내리는 날에는
시낭송 : 박영애

 제목 : 그곳에 가고 싶다
시낭송 : 임숙희

 제목 : 뒤안길
시낭송 : 박영애

♣ 목차

♣ 목차

♣ 목차

♣ 목차

생

자연의 순리가 그러하듯...
그 아름답던 벚꽃
잔 바람에도 소스라치듯
놀라 떨어져
이리저리 바닥에 흩날린다

또 다른 꽃들이
새순을 드러내며
피고 지기를 계속하지
우리네 삶도
만남과 이별을 반복한다
그럼에도
헤어짐을 서러워한다.
그것이 세상의 순리인 것을
잠시 망각하고...

봄이 가면
여름 오고
또 가을...
겨울...

쳇바퀴 돌 듯
세월은 그렇게 흐른다.

그러다
누구나 생을 마감하지...

또
당연한 진리를 망각하고...

슬픈 계절

봄이
안 왔으면 좋겠어...

꽃이 피지
않았으면 좋겠어...

호스피스 병동 창가에 서서
시한부 부인을 바라보는

노부의 슬픈 넋두리에
한점 바람이 스친다

그대는

그대의 가슴은
따스한
봄볕 같음이어라

노여움 없는
연두 빛
하늘 같음이어라

그대의 미소는
영롱한 가을 호수의
고요함이어라

한적한 오솔길
자그마한 들꽃 같아라

부서지듯 반짝이는
밤하늘 별빛 같아라

구름 흐르듯

지난날의
시간이 머물러있는 곳

그대와 함께 하던
행복했던 삶의 작은 기억들

그리움은 하얀 안개비처럼
소리 없이 온몸으로 흐르고
가슴을 적신다

나는 꿈을 꾸듯 몽유병 환자처럼
그 시절 그 자리에 있다

푸르던 계절 수많던 군상들
모두 떠나고
지금은 텅 빈 황량한 바닷가
차디찬 파도소리에
눈물만 흐른다

물거품처럼 부서져 버린
그대와의 지난 세월

잊으려 했는데
떠나 보내려 했는데
또다시 짙은 그리움만
가득 담아 간다

제목 : 구름 흐르듯
시낭송 : 임숙희

스마트폰으로 QR 코드를 스캔하면
시낭송을 감상할 수 있습니다.

좋은 아침

부서질 듯
반짝이는 아침 햇살과
싱그런 바람

향긋한 차 한잔의
여유로움과
아름다운 음악의 선율

그대의 봄 같은
따스한 미소
오늘의 행복 출발입니다

바람 불던 날

어두운 밤 가시 돋친
새벽 바람이
소리 내어 울고

차디찬 방 한구석 귀퉁이
얼어버린 조그만 달빛
쓰러져 있다

어디선가 흐르던 너의 노래는
바람에 묻혀버리고

너의 얼굴은 어둠 속에
보이질 않는다

부러 질듯 마른 가지에
걸려있는 지나가 버린 기억들

부서진 시간 에
퇴색되고 찢긴 채 너덜거린다

제목 : 바람 불던 날
시낭송 : 박영애
스마트폰으로 QR 코드를 스캔하면
시낭송을 감상할 수 있습니다.

나는 누구인가

나는 누구인가

나의 존재 가치는
무엇인가
인간은 모두 어리석어
당신의 섭리를
잘 안다지만 알지 못하고

생각은 있어
입으론 거창하나
분노를 이기지 못하니
사랑이 작고

나 가진 것 작다 하여
나눔이 없고

성질이 급하니
배려가 작고

욕심이 앞서
행함이 없으니
늘 자복하면 뭐 하리까

행복

행복을 찾으려고
수없이 많은 길을 다녀보고
수없이 많은 사람들을 만나기도 했지

웃기도
울기도 하며
그렇게 어언 오십이 넘은 거야

근데 말이지

행복 이란 게
내 옆에서 방긋 웃는 아기처럼
늘 손 흔들며 있었다는 걸

이제서야 알게 된 거야

바보 같이...

바람 흐르듯

붉어져 떨어지는 갈잎새에
아파 마라

붉게 타버리듯 사라지는 노을에
서러워 마라

자연이 그러하고
인간사 그러한 걸

세상은 돌고 돌아
만남과 이별의 반복인 걸
백 년을 살 것인가
천년을 살 것인가
잠시 잠깐 쉬었다 가는
바람과 같은 것을
그냥 가자 그냥 가자
흐르는 대로 그냥 가자

뒤돌아보면
대단할 것도 위대할 것도
없는 허망 한 것이 세상사인 것을

아이들 소꿉놀이 같은 것
한철살이 풀 벌레 울음인 것을

인생 마지막 길엔
모든 것이 미련이고
후회인 것을...

사랑이란 이런 거잖아

사랑은
깊이를 잴 수 없는 거지

세상 그 무엇과도
견줄 수 없는 거니까

세상 그 무엇과도
바꿀 수 없어야 되는 거야
사랑은
세상 그 어떤 꽃보다
아름다운 거잖아

세상에서
가장 고귀하니까

세상에서
가장 아름다운 미소를
짓게 하지

사랑은
많이 아프기도 해

세상에

그 어떤 시련이 온다 해도

지켜 내야 하니까

그런 사랑을 위해선

자신의 모든 걸

버려야 한다는 것도...

제목 : 사랑이란 이런 거잖아
시낭송 : 박영애
스마트폰으로 QR 코드를 스캔하면
시낭송을 감상할 수 있습니다.

혼돈

굽은 겨울 바람은
벌건 뺨을 후려치고,
함박눈이라도 퍼부어
어두운 세상 하얗게,
나의 육신마저도 덮어 주면
좋으련만,
그리움인지
서러움인지
뜨거운 가슴은 식을 줄 모른다
서릿발 같은 밤 바람은
어둠을
여기저기 뿌려 놓고

붉은 별마저 시퍼런 두 눈을
부라린다
육신은 잘려나간 고목처럼
멀뚱거리고
모두 잠든 거리의 가로등만이
나를 지켜 보고 있다

제목 : 혼돈
시낭송 : 박영애
스마트폰으로 QR 코드를 스캔하면
시낭송을 감상할 수 있습니다.

겨울 개나리

오호 애재(嗚呼哀哉)라

노오란 봄꽃이
얼굴을 내밀어
고개를 갸우뚱거리다니

엄동설한 12월에
미치지 않고서야
정신 줄을 놓았구나

세상이 어지러우니
너도 어지러운 게로구나

모두 떠나고
찬 바람만 휑한데

노란 옷 차려입고
어딜 가려 하느냐

맞아주는 이 하나 없는데
고개 내민 네 모습이
왜 이리도 서러우냐

편지

오늘은
편지를 쓰렵니다
보고 싶다고
사랑한다고

이 가을이 가기 전에
그대와
낙엽 길을 함께 걷고픈
내 마음을...

그대와 걷고픈 이 길을
지금 홀로 있습니다

나는 홀로
그대와 걷고 있습니다

나는 홀로
단둘이 가을 속에 있습니다

갈바람은 가슴으로
들어와
낙엽을 떨굽니다

내 가슴에도
가을비가 내립니다

가을 이야기

시월은
한잔의 커피 향에도
그리움이 가슴으로 내려와
붉은 가을이 된다

아름답던 시절을 그리워하며
황금빛 노을 지듯 떠나야 하는
가을과 이야길 한다

잔잔히 흐르는 솔바람에도
힘없이 손을 떨구는
마른 잎새에서
우리들의 삶을 읽는다

이 가을
이별을 아쉬워하는
풀 벌레들의
이야기가 요란하다

지나간 시간의 자욱을
모두 지고 떠나는
갈 바람의 슬픈 노래를 듣는다

잔 바람에도
눈물 떨구듯 떨어져
이리저리 갈 곳 잃은 그리움의
방황이다

마른 가지에 걸린
그리움은
눈물이 되고
비가 되어 가을을 적신다

가을

초승달
나뭇가지에 걸려있고

풀섶에선
풀벌레 울음소리 애닲다

그리움 가득 주렁주렁
익어가는 가을

향 짙은 가을 바람은
음악이 되어 흐르고

녹 푸른 갈잎새는
가슴으로 떨어져
붉게 물든다

지난날 그대 함께 걷던
논둑 길 코스모스가
그리워지는 건

들녘 홀로선 허수아비가
애잔해지는 건

커피 향 갈바람에
가슴 뛰는 건

혹여나
갈바람 따라 그대 오시려나

짙은 그리움에
망연히 가을을 바라본다

제목 : 가을
시낭송 : 박영애

스마트폰으로 QR 코드를 스캔하면
시낭송을 감상할 수 있습니다.

이 가을엔

이 가을엔
아름답던 꽃들의
이야기와
찬란했던 초록의 시간과
이별을 해야 한다

헤어지는
아픔과 그리움이 남지만
또다시 초록의 봄을
기다리며
그리워해야 한다

이 가을엔 비워야 한다

가을은
그리움으로 가득하다
그리움은
가을 낙엽처럼 떨어져
눈물 되어 흐른다

아픈 그리움은
가슴까지 붉어져
가을이 된다

그리움이
짙을수록 아픔은 깊어지고
가을이 깊어질수록
그리움은
가슴 깊은 곳으로 파고든다

제목 : 이 가을엔
시낭송 : 김지원

스마트폰으로 QR 코드를 스캔하면
시낭송을 감상할 수 있습니다.

가을풍경

커피 향 그윽한 가을 바람은
나무 잎새마다 고깔 옷을 입히고
잔치를 준비한다

은은한 파스텔로 그린
가을 풍경 속에
나도 한 폭의 그림이 된다

목가적인 풍경의 한적한 시골 숲 속
작은 산새들과 풀 벌레들도
가을을 노래하고

곱고 맑은 작은 연못도
가을 잎으로 옷을 입는다

갈 바람

그토록 기다리던
갈 바람이
이제서야 더위를 밀쳐내고
가을로 우뚝 서고

커피 향 같은
가을이 대문을 열고
훌쩍 들어와
주인 행세를 한다

가을 바람에 실려 온 그리움은
한잔의 커피 잔에 머물고

갈 잎새는
가슴으로 떨어진다

행복

아주 작은 것에서도
감사할 줄 아는 사람
행복해하는 사람은
늘 기쁨이 있는 사람이다

큰 명예
큰 부귀
큰 권력에 행복이 있다고
생각하는 사람은
진정 행복이 뭔지 모르는
불행한 사람이다

주변에 아기자기하게
널려 있는 작아 보이는 행복들이
부귀
명예
권력보다
얼마나 귀한 행복의 씨앗인지
세월 지난 뒤 알게 되는 것…

어둠 한 점

어둠이 짙은 밤하늘
적막은 하얗게 흐르고
그리움도 덩달아
내 몸을 감아 흔든다

새 한 마리 혼이 되어
밤을 지키고

음산한 새벽 바람은
나의 육신을
죽은 놈 씻어내어 염 하듯
스물거린다

상처 난 그리움은
발정 난 승냥이처럼 온 밤을 울부짖고

희미한 풀 벌레들의
구슬픈 곡조는
육신을 쓰러뜨리고
차디찬 서러움을 쏟아낸다

제목 : 어둠 한 점
시낭송 : 박영애
스마트폰으로 QR 코드를 스캔하면
시낭송을 감상할 수 있습니다.

새벽 이슬 육신을 깨우고
멀리 바다가 눈을 뜬다

여정

여보게
천천히 가세
천천히 가세

좀 앉아
쉬었다 가세

계곡에 발도 담가보고
가만히 물속 한번 들여다보게 ...

가재도 놀고 물고기도 노는구만
같이 어울더울 놀다 가세

쉬엄 쉬엄
올라 가세

여보게
이리와 보시게...
이 꽃 이쁘지 아니 한가
저 꽃 참 복스럽네

여보게
천천히 가세
천천히 가세

뭐 그리
급하게 가시나...

이 산 넘어엔
북망산이라네

천천히
쉬엄 쉬엄
올라 가세

비 오는 날은

그립다
비가 오는 날은 ...
서럽게 아프다

내 마음 어딘가 빈 자리로
빗방울 되어 흐르는 그리움이
지독하다

비틀거리는 혼돈의 공간 속에
허우적거린다

켜켜이 쌓였던
수많은 슬픈 사연들의 무게를
견디다 못해
비가 되어 흐른다

그토록 내리는 소낙비는
더욱 아픈 그리움으로
넘실거린다

쳐들어올 듯이
창문을 두드리는 장대비는
영혼을 빼앗긴 육신마저
꾹꾹 짓누른다

제목 : 비 오는 날은
시낭송 : 박영애
스마트폰으로 QR 코드를 스캔하면
시낭송을 감상할 수 있습니다.

그냥

그래
세상은 그런 거다
그냥 놔두면
굴러 굴러 가는 거다

구름 흘러가듯
바람 지나가듯

꽃 피고 지고
만나고 헤어지고
세상 그렇게 그렇게
흐르는 거다

의미를 두지 말자
그냥 흐르도록 놔두자

울기도 웃기도 하며
그렇게 그렇게 가는 거다

이길 저 길

제 갈 길 수 갈래 길 같다만

나중 길은 다 한길 인걸

그냥 그냥 가라 하자

제목 : 그냥
작곡,노래 : 정진채
스마트폰으로 QR 코드를 스캔하면
노래를 감상할 수 있습니다.

제목 : 그냥
시낭송 : 박태임
스마트폰으로 QR 코드를 스캔하면
시낭송을 감상할 수 있습니다.

설레임

사랑을 해요

사랑은 아픔도 있지만
설레임이 있잖아요

사랑을
구속하려 하지 마세요
그럼 그 순간부터 조금씩
멀어지게 될 겁니다

늘 조금은 거리를 둬 보세요
설레임이 있잖아요

너는 내 꺼라는 생각을 지우세요
서로 내 꺼라는 생각을 갖는 순간부터
다툼이 시작될 겁니다
내 맘처럼 되질 않을 테니까

진정 사랑을 원하시나요
그렇다면
내 안으로 상대를 담으려 하지 말고
상대의 마음으로 들어가세요

헤어지는 아픔을 생각지 마세요
지금 상대가 나의 전부인 것처럼
사랑하세요

세상에 단 하나뿐인 그런 사랑을요...

참사랑

사랑이란
쉽게
움직이는 것이 아니다

그건
단언컨대
사랑이 아니다

그건
본능적으로 움직이는
잔 감정일 뿐이다

사랑은
지켜 내는 것이며
힘들어도
고통과 절망이 찾아오더라도
곁에 있어
함께 하는 것이다

훗날 그 모든 세월 함께한
그 사랑에
눈물 흐르는 것이다

세상 모든 행복을
다 가진 듯한 미소를 서로에게
주는 것이다

어찌 그리하셨습니까

어찌
그리 하셨습니까

그대가 심어 놓은
내 가슴에 가득한 꽃을
어찌 그리
그렇게 무참히도
짓밟으셔야만 했습니까

한 송이라도 남겨졌다면
홀로 외로워 떨지라도
한 가닥
그리움이라도 남을 텐데

어찌 그리도
무정하셨단 말입니까

열 손가락 모두 펴도 셀 수 없는
지나온 그 긴 세월
그동안 함께했던 추억마저도...
그 무엇이 그토록 길바닥에
흩날리는 낙엽만치도
값없게 만들었단 말입니까

어찌 그리도
비정하셨단 말입니까

지나온 세월이 섧더라도
우리 젊은 날 꿈 담던 별 보며
연민이라도 남겨 놓으시지요

훗날 조그만 그리움이라도
남아 있게
꽃 한 송이라도 남겨두시지요

어찌
그리하셨습니까

제목 : 어찌 그리하셨습니까
시낭송 : 박영애

스마트폰으로 QR 코드를 스캔하면
시낭송을 감상할 수 있습니다.

나는 그 자리에 있을 거요

먹구름이 하늘을 덮어
그대 길을 잃는다 해도
나는 이 자리에 있을 거요

먹구름 지나간 뒤
달빛 길을 열어 당신이 올 때까지
늘 기다리던 그곳에
나는 그 자리에 있을 거요

길을 잃어 먼 곳에서
물어 물어 찾아올 때
세월이 지나 못 알아 볼까
그때 있던 당나무 옆
나는 그 자리 있을 거요

세월 흘러 나 잠시
누워 있다 해도 나 그대
향기 기억하고 있소
그대 오는 길목에서 잠시
쉬고 있을 거요

그대여 부디 어서 오시오
가버린 세월
서러워하지 마시오

나는 늘 기다리던 그곳에
그 자리에 있을 거요

제목 : 나는 그 자리에 있을 거요
시낭송 : 박영애
스마트폰으로 QR 코드를 스캔하면
시낭송을 감상할 수 있습니다.

그래도 사랑을 해봐

사랑은 행복하지만은 않아
사랑해서 행복한 이야기보다
이별의 슬픈 노래가 많듯이
사랑은
늘 달콤하고 황홀하지만은 않아...

그렇다고
이별을 두려워하지 마
꽃은 지는 것이 두려워 피우기를
더디하지 않아...

사랑해서
그리워서
기다림에 온몸이 굳어져
목석이 될지라도
심장이 태양만큼 뜨거워져
녹아버릴지라도
가슴이 갈기 갈기 찢어져
누더기가 될지라도

만약 기약만 있다면
천년이라도 기다릴 사랑

지독히도
그리운 사랑
한번은 해봐야 되지 않겠어.

아픔이 두려워 사랑을 못한다면
삶이 너무 덤덤하잖아...

제목 : 그래도 사랑을 해봐
시낭송 : 박영애
스마트폰으로 QR 코드를 스캔하면
시낭송을 감상할 수 있습니다.

그대 생각

하루에도 안개꽃만큼이나
생각나는 사람이 있습니다

아침에는 부서지듯
반짝이는 고운 햇살에
그대 생각나고

한낮에는 파란 하늘
푸른 나뭇잎 솔바람에 흔들림에도
그대 그립고

저녁이면 서편 하늘에 붉은 노을
그대 얼굴 그려지고

반짝이는 별 밤
그대 벤치에 앉아 도란 도란
이야기하며 웃는 모습 그립다

생각하면 미소 짓게 되는
그 사람이
바로 당신입니다

그대

그대라는 꽃의 향기는
어느 꽃에서도 느낄 수 없는
세상 단 하나
그대에게서만
취할 수 있는
무지개 향입니다

세상 단 하나뿐인
그대라는 꽃
그 누구도
모방할 수 없는 그대 향

그게
바로 당신입니다

그대라는
꽃 향에 취하면

세상은
사랑으로
기쁨으로
행복으로 가득 찹니다

그리움

달그림자 환하게
미소 짓는 날은 그대가 한없이
보고픈 날입니다

맑은 하늘
별빛 가득한 날은
그대와 손잡고 말없이 마냥
걷고 싶은 날입니다

달빛 내 가슴을 비추어
마음을 들켰습니다

달도 수줍은 듯
불그스레 미소 지으며
구름 뒤로 숨었습니다

소년

그대
숨결이

감미로운
꽃 바람
입술을 훔치듯

스쳐 지나간
짧은 순간에

나는
소년이었다

봄

따스한 봄비
퀴퀴한 겨울 때 씻어내고
파란 세상을
그려 낸다

겨우내
야윈 대지는 하늘을 담아
새 생명을 잉태하는
산고를 즐긴다

마른 가지도
꽃을 피우기 위해
봄비 축여 부드럽게 감싸고
바람도 조몰락 조몰락
산파를 돕는다

햇병아리도
봄나들이에 요리조리
발걸음이 분주하고
외양간 누렁이의 우렁찬 울음 소리가
봄을 알린다

철쭉

화려한 듯
단아한 너의 모습은...

내 사랑하는 여인을
닮았네

환한 듯 살풋한 미소...

그 모습이
너를 닮았네

향 가득한 그녀의 후덕함...

그 느낌도
너를 닮았네

너의 그윽한 풍채의
여유로움도...

내 사랑하는 여인을
닮았네

동행

손잡고 둘이 걸어보세요
혼자는 외롭잖아요

세상은 결국 혼자라지만
둘이 걸어보세요
얼굴을 마주 보면서
미소 지어 보세요

걷다 보면
거친 길도 있을 거예요
그럴 땐 손잡아 당겨주고
뒤에서 밀어주며
둘이 걸어 보세요

따듯한 미소 지어 보세요
따스한 손 꼭 잡아 보세요
둘이 함께라면
힘들고 어두운 어느 곳이라도
갈 수 있잖아요

혼자는 외롭잖아요
손 꼭 잡고 둘이 걸어 보세요
세상에 둘도 없는 마음으로
꼭 안아 보세요

혼자는 두려워 갈 수 없는 길
둘이면 갈 수 있잖아요

혼자는 외롭잖아요
손 꼭 잡고 둘이 걸어 보세요

삶 흐르다

스쳐 지나는 찬바람에
빈 가지에 걸려있던 마른 잎새
파르르 손을 떨구고
노인은
초라한 벤치에 앉아
담배 한 모금에
시간을 죽인다

태양은
먹구름에 막혀 길을 잃었고
지난 과거는
발가벗겨져 산마루에
걸렸다

해는 구름에 갇힌 채
뉘엿뉘엿 시간에 쫓겨 얼굴을 붉히며
달아난다

가로등 하나 둘
지나가는 시간을 비추고
노인 걷는 뒷모습에
하루가 저문다

 제목 : 삶 흐르다
시낭송 : 김지원
스마트폰으로 QR 코드를 스캔하면
시낭송을 감상할 수 있습니다.

62

그 어느 날

바람은
길을 막고
태양은
구름에 갇혔다

추억은
빈 나뭇가지에 걸려
모진 바람에
너덜거린다

쌓였던
수많은 연민은
쓰레기처럼 길바닥에
흩날리고

내 사랑마저
멍하니
길을 잃었다

친구야

친구야
마음의 창을 열어 봐

새들이 놀러 와 노래하도록
꽃나무도 심어 놓고

예쁜 꽃씨도 뿌려 놓아
아름다운 정원도 가꾸어 볼래

길바람도 들어와
쉬어 갈 수 있게...

봄엔
푸르른 날
예쁜 꽃내음에 벌과 나비
함께 놀고...

여름은
산들바람
초록빛 바다 담아
뭉게구름 타고 여행하는 거야

가을엔

파란 하늘 도화지에

울긋불긋

지난 추억 담아보고

겨울은

켜켜이 쌓인 하얀 그리움

모닥불 지펴

함께 하며

따스한 커피 한잔이면

참 좋지 아니한가...

제목 : 친구야
작곡,노래 : 정진채
스마트폰으로 QR 코드를 스캔하면
노래를 감상할 수 있습니다.

제목 : 친구야
시낭송 : 박영애
스마트폰으로 QR 코드를 스캔하면
시낭송을 감상할 수 있습니다.

봄

가슴에
꽃비 내려
파란 사랑 피어나고
따스한
고운 얼굴
하늘 보고 미소 지어
그 풋향기
바람결에
그대에게 전해볼까

꽃 편지
고이 접어
너울 너울
꽃 바람에
내 마음 살짝 실어
그대에게
보내야지

초롱 초롱

아침 이슬

그대 마음 가득 담아

밤새 달빛 타고

먼 길

오시었네

봄을 기다리며

겨우내
닫혔던 대지가
문을 활짝 열고

잠자던 생명체들이
하나 둘 머리를 빠끔히 내밀며
기지개를 켠다

꽃바람 춤사위가
신명 난다
침묵하던 시냇물 소리가
간지럽다

들판에선
아낙네들 엉덩이
실룩 실룩
나물 캐며 즐거워라

논둑에 메어 놓은
누렁이 울음소리 또한
우렁차다

이렇게

행복 가득 안고

수줍은 새색시 품에 안기듯

새봄은

찾아온다

노송

긴긴날 만고 풍파 견디며
덧없는 세월 품어낸
늙은 몸뚱어리

부딪치고 깨진 절벽
바위틈새 눌린 몸 견뎌가며
모진 바람 휘어잡고
비 눈보라 삼켜가며 산 섦은 세월

대자연의
아버지 같은 우직함과
전장터의
장수 같은 기개가 있다

혼돈의 세월
묵묵히 견뎌 내며
늘 강인한
푸르른 자태를 뿜어내는

너의 기백은 유유히 흐르는
바다를 닮았고

너의 기상은 하늘을 찌르고

땅을 가르니

모두가 너를 노래한다

제목 : 노송
시낭송 : 박순애
스마트폰으로 QR 코드를 스캔하면
시낭송을 감상할 수 있습니다.

그대는 누구인가요

아침 영롱한 이슬처럼
가만히 오시어 잔잔한 내 가슴에
잔돌 하나 던져 물결 지게 하고
미소짓듯 달아나는 그대는...

천진스런 개구쟁이 아이처럼
너무 곱고 맑아 만지면 부서져
사라져 버릴 것만 같아
그냥 바라만 봐야 하네

그러나 그대 바라보는 마음
알 수 없는 물결 일렁이니
나는 어찌해야 하나

그대를 만나 맑아지는 것을
자신이 탁하여 본성의 미련 감추지
못함을 용서 해야겠네

그대는 태고의 맑은 하늘만큼
숲 속 작은 연못 어여쁜 나리꽃처럼
나의 오랜 벗이기를...

제목 : 그대는 누구인가요
시낭송 : 박영애

스마트폰으로 QR 코드를 스캔하면
시낭송을 감상할 수 있습니다.

비가 내리는 날이면

비가 내리는 날이면
덕수궁 돌담길 작은 카페에
망연한 발길이 멈춤 거린다

빗방울이 가시가 되어 폐부를 찌르고
미련은 이 거리를 방황한다

오늘 같은 날이면
그대 가슴 한 켠이라도 비가 내려
혹여나
기다림에 하루가 길다

비가 내리는 날이면
몽유병 환자처럼 바람에 불려가듯 ...

기약 없는 날들을 비워가며
바람에 칼 갈 듯 변명조차 궁색하다

껍데기만 남은 지친 몸뚱어리는
늘 무지한 미련에 코뚜레에
잡혀가듯 끌려간다

제목 : 비가 내리는 날이면
시낭송 : 박영애
스마트폰으로 QR 코드를 스캔하면
시낭송을 감상할 수 있습니다.

둥근 달

둥근 달빛 ...
내 마음에 뿌려집니다.

둥근 달이
세상을 온통 둥글게
만듭니다.

엉클어진 내 마음도
둥글어졌습니다.

둥근 달이
그리움까지 가지고 왔네요.

잊었던 추억이
그리움으로 찾아옵니다.

둥근 달을
내 마음에 담았습니다.

그냥 내 마음에
담아 두려 합니다.

하얀 목련

순박한 자태
가녀린 한 여인의 삶을
투영하듯...

너의 모습에서

님을 향한 그리움과
순결 그리고 절개를 본다.

그 모습에
나는 그윽한 바람이 되어
그대 곁에 머물고 싶다.

너의 모습에서
곱디고운 속살을 훔쳐보듯
부끄러움을 느끼는 건...

아마도
너의 하얀 피부
고운 미소 때문일 거야.

예쁜 행복

모두 높은 곳을 바라봅니다
자꾸 위로만 가려 하지요

그곳에 행복이 있다고...

치열하게 아귀다툼 하면서
서로 먼저 올라 가려 합니다

권력도
명예도
재물도
모두 위로 올라가야
얻어진다고...

그러나 정작
행복은 낮은 곳에서 기다리고
있다는 걸 알지 못합니다

고개를 좀 숙여보면
얼마나 예쁜 오밀조밀한
감사와 사랑이 많은지...

얼마나 아름다운 행복이
가득한지...

시를 쓰면서

악기에서
아름다운
소리가 나듯이...

시에서
향기가 나요.

시에서
선율이 흘러요.

한자 한자 쓸 때마다
멜로디가
흘러 나와요.

새가
노래를 하고요.

꽃과 나무들이
춤을 추고

바람과 냇물이
장단 맞춰요.

멋진 하모니를
이루네요.

말로
형언할 수 없는
행복입니다.

겨울 이야기

숱한 사연을 묻어둔 채
그렇게 가을은 떠나고...

우리 동네 소래산에도
다시 겨울이 왔다.

온통 하얀 눈으로 덮인
전나무 숲 소롯길에는
스산히 눈발이 날리고...

산길에는 듬성 듬성
등산객의 발자국이 희미하다.

청솔모는 이곳저곳 기웃거리다
어디론가 사라지고
산새들은 먹이 찾기 바쁘다.

산 그림자 짙어 가는 늦은 오후
찬바람에 옷깃을 여미며...

조그만 찻집에 앉아

따스한 한잔의 커피 향에

취해 본다.

제목 : 겨울 이야기
시낭송 : 박영애

스마트폰으로 QR 코드를 스캔하면
시낭송을 감상할 수 있습니다.

비라도 내리는 날에는

나 아침에 눈을 뜨면
곁에서 미소 짓는 당신을 만납니다.

나 당신을 보내야 하는데
당신은 늘 내 곁에 있습니다.

나 당신을 잊어야 하는데
온통 당신 생각에 난 바보가 됩니다.

비라도 내리는 날에는
시리도록 가슴이 아파
당신을 한없이 원망도 하지만...

당신을 보고픈 그리움은
비가 되어 가슴으로 흐릅니다 .

잊으려는 몸부림은 파도가 되어
더욱 아픈 그리움으로 다가옵니다.

떠나버린 당신을 그리워하며
아파하는 나는 참 바보입니다.

나는 참 바보입니다...

 제목 : 비라도 내리는 날에는
시낭송 : 박영애

스마트폰으로 QR 코드를 스캔하면
시낭송을 감상할 수 있습니다.

생(生)

나 보내 주시오
나 엮인 매듭 풀어주어
나 떠나게 해 주시오.

꽃피고 지듯이
구름 흘러가듯이
그냥 보내 주시오.

그게 인생 아니겠소...

세상 이치가 그러한 것을
잡아 본들 뭐 하겠소.

아침이 오면 어둠 또한
기다리고 있거늘...

어둠이 와야
아름다운 별도 볼 수 있는 것...

돌고 도는 게 인생 아니겠소.

쥐었다고 내 것인가...
놓았다고 네 것인가...

마지막 날엔 모두 홀몸이요
빈손인 것을...

산골의 겨울

어느 산골
초가집 굴뚝엔
아궁이 연기 피어 오르고...

할배 기침소리에
처마 끝 고드름 떨어졌다.

휑한 가지 사이로 드러난
빈 새 둥지
바람 한점 휘돌아가고...

빈 나뭇가지에 쌓여 있던
눈덩이 떨어지자
이름 모를 새 한 마리 날아
어디론가 사라진다.

마을 작은 둠벙에선
쩡쩡 소리내어 얼음을 가르며
깊은 겨울을 알린다.

산허리 대나무숲에서
슬피 우는 바람소리가
서럽다

내 가슴에 내리는 비

떠나갈 당신
얼마 남지 않은 시간...

영영 같이 갈 수 없는
이 아픔...

바람마저
그냥 스쳐 지나간다.

모두 고개를 숙이고
아무 말이 없다.

세상은 조용하다.

내 가슴엔
비가 내린다.

걷고 또 걷고
부딪치고 또 부딪친다.
그러나 말이 없다.

아무 소리도
들리지 않는다.

가슴엔
쏟아지는 빗소리만
들릴 뿐이다.

당신 그거 알아

아침에 눈 뜨면
반짝이는 햇살이 아름다운 건
당신이 곁에 있기 때문이지...

당신 그거 알아

갈 바람이 감미롭고
흐르는 시냇물조차
사랑스러운 건
당신과 함께 하기 때문이야...

당신 그거 알아

나 어디에 있더라도
늘 행복한 건
나를 바라보는 당신의
따스한 미소 때문이라는 것을...

당신 그거 알아

내 삶은 모두
당신과 함께 아름다운 세상을
바라보는 것이라는 것을...

떠나는 가을

찬비가 세차게
가을을 때린다

떠나는 가을을
재촉이나 하듯이...

간간히 남은 잎새들이
파르르 떨고

아스팔트에 떨어진 낙엽...

스산히 부는 바람에
이리저리 흩날린다

새들도 잠잠히
쓸쓸함을 더하고...

떠나는 가을을
비추는 가로등이
을씨년스럽다

이렇듯 모든 걸 비우고
가을은 간다

동심

호젓한 길을
걸어 보세요

조용한 숲속에서
산새들의 이야기를
들어보세요

어두워 지거든
고개를 들어
하늘을 보세요

별들의 이야기가
소리가 들리시나요...

가만히 눈을 감고
귀 기울여 보세요

친구들이 반갑게
부르는 소릴 거예요

사랑

사랑은

안개처럼

살며시

나의 마음을

적신다...

가을 낙엽

헤어지는 슬픔이
아픔으로 남아
온몸이 붉어지고...

지치고 지쳐
매달리기조차 힘에 부쳐...

잔잔한 이슬비에도
속절없이
손을 놓고 만다

떠나는 뒷모습이
애잔해 잡아보려 하지만
마음만 공허할 뿐...

하나둘씩
화려했던 옷을 벗고...

말없이
먼 길을 떠난다

선물

오늘 하루는
내게 선물입니다.

오늘 하루를 가졌다는 것은
행복입니다.

오늘 하루
고운 햇살과
아름다운 새소리...

맑은 시냇물 고운 솔바람...

오늘 하루
당신과 함께여서
더욱 행복합니다.

그대 안에 내가
내 안에 그대가 있어...

당신과 함께여서
세상은 행복으로
가득 합니다.

난 (欄)

너의 모습에서...

청초한 여인네의
고고한 자태를 본다.

단아함 속에
꼿꼿한 절개를
엿본다.

너의 모습에서...

아름다운
여인네의 향기가
느껴진다.

가을

가을 하늘만큼
내 마음
넓어진다면
고뇌할 일 없을 텐데.

하얀 구름처럼
내 마음
여유로워진다면
고운 미소 지어야지

가을 고운 볕은
맑은 눈을
가진 어린아이 같아...

살랑 살랑 부는
갈 바람은
그대 입술처럼
감미로워...

옛 생각

고향집이 그립다.

가을 녘 툇마루에
누워 보던 파란 하늘이
그립고...

뒷산 미루나무에서
울던 매미 소리가
그립다.

마을 앞 냇가에서
멱 감던 때가
그립고...

한적한 오후
윙윙거리며 날던
파리 날갯짓 소리가
그립다

뒷산에 올라
풀총 놀이하며 놀던
어린 시절이
그립고...

시월의 가을

시월의 마지막 즈음...
가을도 이제
떠날 채비를 한다.

이별이 아쉬워
흘리는 눈물인 듯...

가랑비가 아침부터
부슬부슬
가을을 적신다

스산히 부는 바람에
낙엽들이
이리 저리 흩날리고...

새들도 잠잠히
쓸쓸함을 더한다...

참 삶

세상은 욕심으로
가득 하지.

육신의 짐보다
마음의 짐이 훨씬
무거운 걸...

헐뜯고 슬프고 아파하지.

늘 가까이 있는
행복을 볼 줄 모르고...

허망한 것을 쫓아
인생을 허비하지.

비우면
행복할 텐데...

가을 하늘

아무것도 없이 비어 있는
파란 하늘이 좋다.

정처 없이 떠 다니는
하얀 뭉게구름이 좋다.

비 오면 오는 대로
바람 불면 부는 대로
흘러가는 네가 좋다.

나도 마음 비워
가벼이 파란 하늘 날고 싶다.
바람 따라
구름 따라
내 마음 보내고 싶다.

바다에 떠 다니는
한 조각 나무처럼
흘러 흘러 보내고 싶다.

가을날

가을 고운 햇볕
따다가
채반에 놓고...

솔바람
항아리에 담아
가슴 가득
행복을 느낀다.

봄

들리는가...

잠잠하던 대지의
거친 숨소리가...

모든 생명체가
태동하기 위해
배냇짓을 한다.

눈을 감고
귀를 기울여 보라.

새 생명을 위한
산고의 고통을 ...

산들산들
봄바람이

애미의 품 같은
따스한 봄비가...

산파질을 더한다.

들길

한적한 가을 오후...
길가에 홀로 핀 들국화가
나를 반기듯 몸을 흔든다.

가녀린 너의 모습에...
나는 발길을 멈추고

너에게
작은 노래를 부른다.

난제(難題)

하늘은
전파 전장(戰場)
소리 없는 아우성이다

봄 여름 가을 겨울
바람에 무늬가 없다

태양도
빛을 비출 뿐 흥미를
잃었다

낮과 밤
암수
구분이 없다

세상은
표정을 잃어 뇌파로
이야기하고
이모티콘으로 대신한다

낡은 담장 위에
늙은 고양이 한 마리
기지개를 켠다

지나는 것들

어둠 속으로 사라지는 것들
모두 그림자처럼 어둠과 합장을 한다

아픈 추억조차 물처럼 너른 강으로
흩어져 흩어져간다

망각이다

어둠 속에 모든 것을 묻어버린 듯
꽃을 피운다

가슴은 아직 어둠을 벗겨내지 못한 채
아침을 맞이하고
새로움인 듯 모두 제각기 하루를
시작한다

빈집 3

이제
좀 쉬어 가련다

무엇이
그리 중하다고
내달려 왔는지

손에 잡히는 것
하나 없는
허허로운 것일 뿐

미로처럼
돌고 돌고 돌고

가도 가도 끝이 없는
바람뿐인 세상인 것을

헛웃음은
가슴을 울리고
눈물은
세월을 삼킨다

그곳에 가고 싶다

그곳에 가고 싶다
저녁노을 서산에 걸리면
뒷산 소쩍새 울고
초가집 굴뚝에선 밥을 짓는다

찔레꽃 닮은 엄마가 부른다
뛰놀던 나를 밥때가 되면 늘 불렀다
몇 번을 그렇게 불러야 했다

지금도 엄마가 부른다
몇 번을 그렇게 부른다

그곳에 가고 싶다
울 엄마 같은 그곳에 가고 싶다

소꿉친구
순이 닮은 연분홍 진달래꽃 가슴 가득
흐드러지고
냇가에서 물장구치고 풀피리 불던 곳이다
장날은 달구지에 곡식 싣고 엄마 따라
간 소풍날이다

울 엄마 웃음 닮은 그곳에
울 엄마 가슴 같은 그곳에

그곳에 가고 싶다

제목 : 그곳에 가고 싶다
시낭송 : 임숙희

스마트폰으로 QR 코드를 스캔하면
시낭송을 감상할 수 있습니다.

강

너와 나 사이 강이 있어
이어질 수 없는 인연이라고
말하지 마라

눈으로는 가려졌지만
가슴으로 보아라
돌 밑으로 이어진 태고부터의
인연인 것을

변명하지 말아라
머리는 흐르는 강물은 볼 수 있으나
가슴이 없어 묵언의 뜻을 알 수 없다

머리로 울지 말고
가슴으로 울어보아라

그리고 모든 것 끌어안고 묵묵히 흐르는
강을 보아라

혼돈 2

나뭇잎 사이로
깨진 유리 조각처럼 떨어지는 햇살에
나는 도망치듯 빠져나왔다

건물 그림자에 몸을 기댄 채
가쁜 호흡을 내뱉고 있었다

바람은 넘실거리는 파도처럼
혀를 날름거리며
나의 온몸을 핥아대듯 굼실거린다

발가벗겨진 죄인처럼
수치심은 눈을 감았다

밖에선 비웃기라도 하듯
웃음소리 흩어진다

오월 가시 장미의 유혹

회색 도시
부서진 담벼락에 기대어
요염한 자태와 농염한 미소로
세상을 유혹한다

내, 너의 허리춤을 휘어잡아
어둡고 깊은 곳에 들어 가련다

천둥과 번개 치는 밤이라면
더욱 좋겠다

질펀한 소나기로
온몸이 잠겨도 좋겠다

덧없는 생명 잉태되어도

파아란 하늘 열려
무지개 다시 볼 수 있다면,

일곱 빛깔 세상이라면,

이런들, 저런들

난 환희의 기쁨으로
춤을 추련다

봄날

햇살 가득한
아침

연분홍 꽃바람은
노래 되어
흐르고

가녀린
버드나무의 춤사위가
흥겨워라

이기(利己)

인간은
스스로 지식을 얻어
문명을 만들어 가지만
생각이 없어
자신이 죽어는
어둠 길로 가는 길
알지 못하네

세상은 붉어지고
자연은 빛에 가려
눈을 잃었네

울타리는 부서지고
관계조차 길을 잃었네

빛이 하늘을 비추고
달은 어둡고
별도 죽었네

봄이여

새색시 풋풋한 젖가슴처럼
다가오라

마른 숲 따스한 봄비 한껏
뿌리며 오라

환희의 기쁨으로 새 생명을
잉태하여
꽃으로 피우게 하라

인고의 세월 창대한 결실로
세상을
풍요롭게 하라

겨울 밤

바시락 바시락
낙엽 구르는 소리

청량한 달밤

그리움에
가슴앓이하는 아낙네

앞산
소쩍새 울음소리에

흐르는 눈물
그칠 줄 모르네

세월호를 바라보며

애한(세월호를 바라보며)

땅을 치고
울부짖어 보고…

하늘을 향해
두 손 뻗어 미친 듯
부르짖지만…

찢어지는 가슴
이 고통을…

아픔이라고
말할 수 없다

온몸에서 나오는
끈끈한 액체가
육신을 묶어…

더는 경련조차
허락하지 않는다

기다림

메마른 대지
앙상한 가지에
새살이 돋는
봄이 기다려진다

나의 마음도
메마른 가지처럼
말라 있다

봄비가 기다려진다

따스한 봄비가
마른 나뭇가지와
나의 가슴에 뿌려져…

새 생명을 잉태하듯
환희의 기쁨으로
세상을 맞이하고 싶다

꽃잎새

꽃잎 떨어져
아스팔트에 흩날린다

그 아름답던 자태는
어디로 가고…

잔잔한 솔바람에도
소스라치듯 부서져 버리는…

가엾구나 네 모습이…

피고 지는 것이
자연의 이치이듯이…

만남과 이별
세상사 아니겠나…

연(緣)

어쩌겠나…

슬퍼한들
아파한들

떠나는 님
붙잡는다 한들
마음이 공허한 걸

아쉬워하지 말게
어차피 떠날 사람

계절이 변하여
꽃이 피고 지듯이…

바람 따라
구름 흘러가듯이…

그렇게 보내주시게

뒤안길

이곳이 어디인지
어느 길로 가야 할지 혼란스럽다

걷고 달려온 길을 뒤돌아보니
왠지 낯설기만 하고
왜 이곳까지 왔는지 방황이다

난 술래다
못 찾겠다 꾀꼬리

모두 어디로 갔는지
아무도 대답이 없다

멀건 하늘엔 구름 한 점 멀뚱거리고
가슴엔 비라도 올 것 같은 공허함이다

잎 마른 꽃은 찬바람에
향기를 잃었고
갈 잎새도 갸우뚱 몸을 흔든다

제목 : 뒤안길
시낭송 : 박영애
스마트폰으로 QR 코드를 스캔하면
시낭송을 감상할 수 있습니다.

빈집 1

덩그러니 남아있다
아무 쓸모없는 밑 빠진 독처럼

모두 떠나간
철거촌 학고방 집

심심한 햇볕은 휑하니 마당에
들어와 있고
고추잠자리 마른 꽃대에 앉아
졸고 있다

주인잃고 버려진 가구들은
술에 취한 듯
이리저리 널브러져 있다

폐지 줍는 할머니 기웃거리다
훌쩍 지나간다

포클레인이 요란한 굉음을 내며
오고 있다

집으로 가는 길목에서

조민희 시집

초판 1쇄 : 2018년 4월 18일

지 은 이 : 조민희

펴 낸 이 : 김락호

디자인 편집 : 이은희

표지 사진 : 장영길

기 획 : 시사랑음악사랑

인 쇄 : 청룡

연 락 처 : 1899-1341

홈페이지 주소 : www.poemmusic.net

E-Mail : poemarts@hanmail.net

정가 : 10,000원

ISBN : 979-11-6284-009-2